AF460769

LE SAINT

CONCILE DE TRENTE.

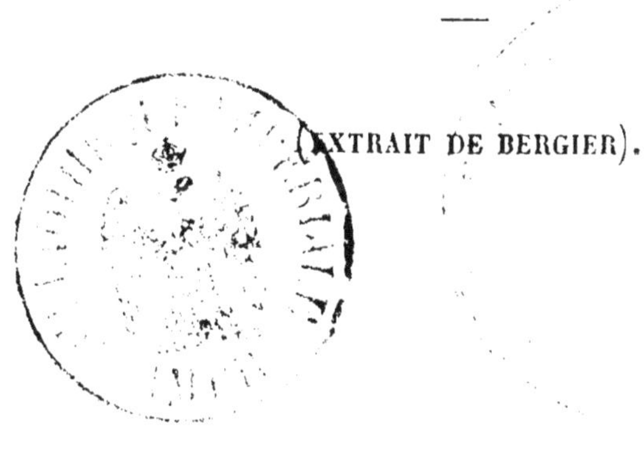

(EXTRAIT DE BERGIER).

BRUXELLES,

LIB. DE H. GOEMAERE, SUCC. DE VANDERBORGHT,

MARCHÉ-AUX-POULETS, 26.

1852

APPROBATION.

Ayant fait examiner l'opuscule : *Le Saint Concile de Trente, (extrait de Bergier)*, nous en permettons l'impression.

Malines, le 17 *juin* 1852.

P. CORTEN, *Vic. Gén.*

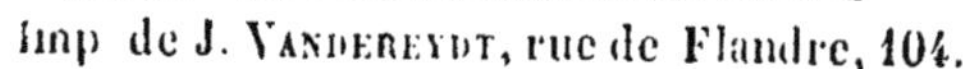

Imp. de J. Vandereydt, rue de Flandre, 104.

INTRODUCTION

DE L'ÉDITEUR BELGE.

Le concile de Trente a été une des assemblées les plus majestueuses, les plus savantes et les plus saintes dont l'histoire fasse mention.

Depuis longtemps des orages s'amoncelaient sur l'Europe; ils éclatèrent avec un épouvantable fracas au commencement du XVIe siècle. Les trônes et les autels furent ébranlés; les peuples s'élevèrent contre les papes et les rois, parce qu'on les avait habitués à s'élever contre Dieu. Le XVIe siècle semble avoir enfanté un monde nouveau.

Là se termine proprement le moyen âge avec sa foi si simple et ses chevaleresques entreprises; là commence l'époque moderne avec le vague dans les idées, l'inquiétude dans les cœurs, l'insubordination dans les familles, la révolte dans les États.

Nous subissons les conséquences des doctrines d'alors; nous éprouvons, hélas! à des intervalles trop rapprochés, les contre-coups de ce terrible ébranlement dont l'Europe a tant de peine à se remettre.

Au XVIe siècle, l'Église vit s'agglomérer autour d'elle des ennemis nouveaux; Luther, Calvin et Henri VIII levèrent l'étendard d'une sacrilége révolte. On sait leurs passions, leurs erreurs, leurs mensonges, leurs intrigues et leurs séductions (1).

Les pasteurs de l'Église sentaient le besoin et réclamaient vivement la tenue d'un concile. Dans les circonstances où se trouvait l'Europe, la convocation souffrit de grandes difficultés; on désespéra plus d'une fois de les vaincre. Ces difficultés venaient de plusieurs causes.

« 1° On présuma d'abord (et Luther le promettait) que quand le pape, les évêques et les universités auraient porté leur jugement sur la nouvelle doctrine, tout rentrerait dans l'ordre. Mais on s'aperçut bientôt que l'autorité ne ramènerait pas les errants, que les décisions d'un

(1) Voir le *Coup d'œil sur la Réforme*, 8e livraison des *Précis historiques*.

concile ne serviraient qu'à consommer leur schisme et à mettre le dernier sceau à leur séparation. Cette idée faisait beaucoup d'impression sur Clément VII.

» 2° Les princes chrétiens furent, pendant tout cet intervalle, divisés par des guerres presque continuelles. Par une suite de leurs défiances mutuelles, on ne pouvait s'accorder sur le lieu où se tiendrait le concile. C'était le cas de l'indiquer dans une ville de l'État de l'Église, qui ne devait être suspect à aucune des parties. Mais les protestants s'y opposaient, et l'empereur ne voulait pas leur déplaire.

» 3° A la vérité, les luthériens demandaient le concile; mais ils ne cherchaient qu'à répandre plus sûrement leurs erreurs à l'ombre d'un nom si respecté. Dans le fond, ils ne voulaient point de concile, ou ils le voulaient à des conditions qui allaient à renverser la constitution de l'Église. Ils demandaient en outre avec hauteur qu'on le tînt en Allemagne, où ils savaient bien que les évêques des autres nations ne viendraient pas. L'Allemagne était alors un théâtre sanglant de discordes, de séditions et de meurtres; les ecclésiastiques y étaient continuellement exposés à mille avanies, et leur vie y était dans un danger évident. De là cette multitude de négociations avec les princes et les luthériens, lesquelles donnèrent tant d'exercice à la sollicitude paternelle des souverains pontifes pendant plus de vingt ans.

» Pour convoquer le concile, Clément VII exigeait la paix entre les princes chrétiens et la soumission des protestants; mais il se relâcha sur cette dernière condition, quoiqu'on reconnût la justice, la nécessité même de la demande du pape. On est cependant parti de là pour le déchirer, en l'accusant de s'être opposé au concile et d'avoir toujours montré de la répugnance à le convoquer. Mais Charles-Quint et François Ier, avec lesquels il en avait traité par ses nonces, par lettres et de vive voix, ont rendu justice à son zèle et à la pureté de ses intentions.

» Clément VII mourut le 25 septembre 1534, sans avoir recueilli le fruit des peines qu'il s'était données.

» Le cardinal Farnèse lui succéda sous le nom de Paul III. Le nouveau pape pensa, comme il avait pensé n'étant encore que cardinal, qu'il fallait aller en avant, sans s'embarrasser ni des démêlés des princes, ni des chicanes des protestants, et il se flatta que tôt ou tard il réussirait. Il ne se trompa point; mais ce ne fut encore qu'après dix années de négociations et de convocations inutiles (1). »

Ces délais avaient eu pour résultat de laisser aux passions le temps de se refroidir, aux sectaires celui de formuler plus nettement leur doctrine, à l'Église celui d'examiner les erreurs et d'en préparer la réfutation triomphante. En 1544, le pape avait réussi à mettre d'accord Charles-Quint et François Ier; la paix fut faite et l'on put s'occuper avec calme des affaires de l'Église.

Le concile s'ouvrit, le 13 décembre 1545, dans la cathédrale de Trente. On s'occupa d'abord de la manière dont seraient dirigés les travaux; on devait élaborer les matières à traiter dans les congrégations préparatoires et les soumettre à la congrégation des évêques. Ce ne fut qu'à la quatrième session qu'on entama proprement l'œuvre importante pour laquelle on était assemblé.

(1) Butler, 4 nov., éd. de Brux., 1849, t. VI, p. 51.

Il fut successivement question des livres canoniques, c'est-à-dire, des livres qui composent l'Écriture sainte, des traductions latines et de l'interprétation de la Bible, du péché originel, de la justification, des sacrements en général et en particulier, du purgatoire, du culte des saints, des images, des reliques, des indulgences. Les décrets de réforme portent sur l'éducation du clergé, les droits des évêques, etc., etc.

« Pour peu que l'on examine les sessions de ce célèbre concile, on acquiert la conviction que jamais synode ne développa et ne définit avec autant de prudence plus de matières et de plus importantes. Les évêques et les théologiens espagnols se firent remarquer par la sagesse avec laquelle ils parvinrent à concilier les oppositions de la théologie spéculative et de l'histoire ecclésiastique. Nulle assemblée ne réunit jamais plus de cardinaux, d'évêques et de théologiens distingués par leur piété sincère et leur science profonde. Quel zèle sérieux pour une réforme véritable, dans les décrets de réformation! Quels changements heureux, quel progrès dans l'Église, si tous ces décrets avaient été fidèlement observés, comme le désiraient ces vertueux représentants de la catholicité!

» Les décrets du concile, confirmés par la bulle du 26 janvier 1564, furent reçus d'abord à Venise, dans les principaux États de l'Italie, en Portugal et en Pologne, sans restriction; Philippe II les fit promulguer en Espagne, à Naples et dans les Pays-Bas, « sans préjudice de tous droits royaux. » En France, les décrets dogmatiques furent reçus sans restriction; les décrets de discipline ne furent admis que peu à peu, malgré la sollicitude des papes et des évêques (1). »

(1) Alzog. *Hist. de l'Église,* éd. de Tournai, 1851, p. 607.
On peut voir, sur les conciles en général, la 10e livraison des *Précis historiques.* — Il ne sera pas inutile peut-être de faire remarquer que le gallicanisme perce encore un peu dans les extraits de Bergier, quoique nous ayons élagué les passages les plus entachés de cette doctrine.

LE CONCILE DE TRENTE [1].

Le concile tenu dans la ville de Trente est le dernier des conciles généraux. Il commença l'an 1545, sous le pontificat de Paul III, continua sous ceux de Jules III et de Paul IV, et finit sous celui de Pie IV, l'an 1563. Jamais concile ne fut assemblé pour un sujet plus important. Il ne s'agissait pas seulement de condamner une ou deux hérésies, mais de proscrire la multitude des erreurs que les protestants avaient répandues dans une grande partie de l'Europe, d'y expliquer la croyance de l'Église catholique sur les divers points de doctrine qui étaient contestés, de justifier son culte que les hérétiques traitaient de superstition et d'idolâtrie, enfin de réformer les abus qui s'étaient introduits dans la discipline [par le laps des siècles et surtout pendant le funeste schisme d'Occident].

Jamais assemblée ecclésiastique ne fut plus célèbre : plus de deux cent cinquante évêques ou prélats des différentes nations catholiques, les plus savants théologiens, les plus habiles juris-

(1) Nous mettons entre crochets [ ] ce qui est intercalé dans le texte de Bergier. (Édit. belge).

consultes, les ambassadeurs des divers souverains y assistèrent.

Quand on en examine les décrets sans prévention, on reconnaît qu'ils ont été formés avec toute la clarté, la précision et la sagesse possibles, après les discussions et les examens les plus approfondis faits par les théologiens et les canonistes. Ceux qui regardent le dogme sont fondés sur l'Écriture sainte et la tradition, sur le sentiment des Pères, sur les décisions des conciles précédents, sur la croyance constante et universelle de l'Église. Les règlements de discipline, après avoir excité d'abord des réclamations, [ont obtenu force de loi dans presque toute la chrétienté].

On conçoit aisément que les protestants n'ont rien omis pour décrier la conduite et les décisions d'un concile qui les a condamnés; mais leur procédé à cet égard met au grand jour l'esprit dont ils ont toujours été animés. Lorsque Luther eut été censuré par Léon X en 1520, il appela de cette sentence au concile général. En 1530, les princes luthériens d'Allemagne présentèrent à la diète d'Augsbourg leur confession de foi, dans laquelle ils en appelaient de nouveau à la décision du concile. Jusqu'en 1540 ils ne cessèrent de déclamer contre le pape, parce qu'il ne se pressait pas assez de convoquer le concile. Mais à peine la bulle de convocation eut-elle été donnée l'an 1542, que Luther publia divers écrits pour prévenir ses partisans et pour les indisposer d'avance contre tout ce qui pourrait y être décidé. En 1547, après les sept premières sessions, Calvin composa son *Antidote contre le concile de Trente*, dans lequel il déclama avec toute la fougue et l'indécence que Luther aurait pu se permettre, s'il avait encore vécu. En 1549, dans une seconde diète d'Augsbourg, lorsque l'on demanda aux princes luthériens s'ils se soumettraient aux décrets du concile, Maurice, électeur de Saxe, ne permit d'y acquiescer que sous trois conditions; savoir : 1° que l'on discuterait de nouveau les points de doctrine qui avaient été déjà décidés; 2° que les théologiens luthériens seraient admis à cette assemblée, qu'ils y auraient voix délibérative, et que leurs suffrages seraient comptés avec ceux des évêques; 3° que le pape n'y présiderait plus ni par lui-même ni par ses légats. L'on prit avec raison cette réponse pour un refus formel. [C'eût été fausser la notion de l'Église et abolir la hiérarchie].

En effet, l'an 1560, lorsque Pie IV eut donné la bulle qui ordonnait la reprise et la continuation des séances du concile de Trente, les luthériens d'Allemagne publièrent leurs griefs contre les décrets de ce concile et les raisons qu'ils avaient de les rejeter. Elles sont rassemblées dans un ouvrage qui parut pour lors en allemand, et qui ensuite a été traduit en latin sous ce titre : *Concilii Tridentini decretis opposita gravamina*. Depuis ce temps-là, ces mêmes griefs ont été rejetés par une foule d'auteurs protestants et par leurs copistes (1).

Un des plus célèbres est Fra-Paolo. C'était un religieux vénitien de l'ordre des servites, qui était protestant dans le cœur, qui avait des ressentiments personnels contre la cour de Rome, qui, en exhalant sa bile contre le concile de Trente, crut faire sa cour au sénat de Venise brouillé pour lors avec Paul V. Lorsque ce différend eut été terminé par la médiation de Henri IV, l'auteur n'osa faire imprimer son livre en Italie; il le remit à Marc-Antoine de Dominis, autre apostat qui alla le faire imprimer en Angleterre. Pour réfuter cette histoire, le cardinal Pallavicini en fit une autre plus sincère et justifiée par les actes originaux du concile. Elle parut vers l'an 1665. Le Courayer, autrefois chanoine régulier de Sainte-Geneviève, retiré aussi en Angleterre, y fit réimprimer en français l'histoire de Fra-Paolo avec des notes

(1) Heidegger, *Anatome Concilii Trident.;* Basnage, *Hist. de l'Église,* l. 7, c. 5; Mosheim, *Hist. ecclés.*, XVIe siècle, sect. 3, 1re part. c. I, § 23; son traducteur et d'autres Anglais; Fra-Paolo, dans son *Histoire du Concile de Trente;* les notes de Le Courayer sur cette histoire, etc.

aussi peu orthodoxes que le texte; il était déjà connu par d'autres ouvrages qui avaient attiré sur lui sa condamnation par le clergé de France (1).

Quoi qu'il en soit, voici les griefs allégués par les protestants, tels que nous avons pu les recueillir dans les divers ouvrages dont nous venons de parler.

Première objection. Le pape n'a aucun droit de convoquer les conciles ni d'y présider; — il s'est rendu suspect en condamnant les protestants d'avance; — c'était à l'empereur d'assembler le concile dont on avait besoin; — il fallait le tenir en Allemagne où était le principal foyer des disputes.

Réponse. Depuis que le christianisme est établi chez différentes nations et dans divers royaumes, le pape, en qualité de chef et de pasteur de l'Église universelle, peut lui seul légitimement convoquer un concile général. Peu

(1) Cette histoire et les notes ont été réfutées dans un ouvrage intitulé : *L'honneur de l'Église catholique et des souverains pontifes défendu contre l'Histoire du concile de Trente, par Fra-Paolo, et les notes du père Le Courayer*, et que l'on attribue à dom Gervaise, ancien abbé de la Trappe. Ce livre aurait été plus recherché, s'il était écrit en meilleur style, avec moins d'humeur et plus de précision; mais le fond en est solide. Une partie des plaintes des protestants a été aussi réfutée dans l'*Histoire de l'Église gallicane*, l. 53 et 54, an 1545 et suiv. Il y a lieu de regretter que cette histoire n'ait pas été continuée jusqu'à la fin du concile.

importe que les protestants lui contestent ce droit, dès que l'Église catholique le lui reconnaît. Aucun souverain particulier ne peut se l'attribuer. La cause des protestants n'intéressait pas l'Allemagne seule, elle concernait toute l'Église : leurs erreurs faisaient le plus grand bruit en France; ils avaient fait des efforts pour les introduire en Espagne et en Italie; bientôt elles pénétrèrent en Angleterre et en Hollande. Quand l'empereur aurait convoqué un concile en Allemagne, comment aurait-on pu engager les évêques et les théologiens des autres contrées de l'Europe à y assister? Les souverains s'y seraient opposés avec raison. En condamnant et excommuniant Luther avant tous ses adhérents, Léon X avait fait son devoir; Luther lui-même avait été appelé à ce jugement, et toute l'Église avait applaudi à la sentence du pape; mais les protestants, déjà fiers de leur multitude et de leurs forces, se croyaient en droit de tenir tête à l'Église catholique.

Deuxième objection. Le concile de Trente n'a pas été général ou œcuménique, il n'a jamais été composé que d'un petit nombre d'évêques, presque tous italiens et dévoués au pape; les protestants n'y ont pas été entendus, ils ne pouvaient même s'y rendre en sûreté, malgré les sauf-conduits qu'on leur accordait, parce qu'il est décidé dans l'Église romaine que l'on n'est pas obligé de garder la foi aux hérétiques.

Réponse. Ce concile a été véritablement œcuménique, puisque les bulles de convocation et de continuation étaient adressées à tous les évêques, à tous les souverains, en un mot, à toute l'Église. La plupart des évêques étaient chargés de la procuration de leurs confrères, parce qu'il ne s'agissait pas de créer une nouvelle doctrine, mais de rendre témoignage de ce qui était déjà cru et professé dans les Églises de différentes nations. Osera-t-on soutenir que le cardinal de Lorraine, le cardinal Polus, [le cardinal Hosius], les évêques espagnols, etc., n'étaient pas en état d'attester ce qui était cru, prêché et professé en France, en Angleterre, en Espagne, avant que Luther fût venu au monde? Quand ils auraient pu l'ignorer, du moins les théologiens les plus habiles qu'ils avaient amenés avec eux ne l'ignoraient pas. Pour connaître les sentiments, les preuves, les objections des protestants, il n'était plus nécessaire de les entendre; on avait sous les yeux leurs livres, ils en avaient inondé l'Europe entière; plusieurs princes d'Allemagne avaient envoyé au concile leur profession de foi, qui avait été dressée par leurs théologiens. On n'y a jugé personnellement ni Luther, ni Zwingle, ni Calvin, ni aucun autre sectaire; on a prononcé sur les erreurs contenues dans leurs écrits, elles y sont encore; ces titres subsistent toujours et justifient la censure du concile. Si depuis ce temps-là les protestants ont changé de croyance, les Pères de Trente n'étaient pas obligés de le prévoir. Suivant leur prétention, il aurait fallu entendre non-seulement les luthériens, mais les anabaptistes, les zwingliens, les mélanchthoniens, les calvinistes, etc. Nous n'ajoutons pas les anglicans; leur religion n'était pas encore née (1). Qu'aurait-on pu décider au milieu de cette cohue de disputeurs, qui n'ont jamais pu s'entendre ni s'accorder lorsqu'ils se sont assemblés pour comparer leur doctrine? Le concile de Trente n'en a pas établi une nouvelle, il a rendu témoignage de ce qui était déjà cru dans l'Église catholique avant cette époque; cette foi est encore la même, et elle ne changera jamais (2).

Après avoir déclaré cent fois à la face de l'Europe entière qu'il n'y a point d'autre règle de foi que l'Écriture sainte, qu'aucun concile n'a le droit de décider de la doctrine, et que personne n'est obligé de se soumettre à ses décrets; après avoir protesté d'avance contre tous ceux qui se feraient à Trente, nos adverssires n'ont-ils pas bonne grâce de se plaindre de n'avoir été ni appelés ni entendus au concile?

(1) Ils étaient schismatiques, mais ne professaient encore aucune hérésie.

(2) Au mot HUSSITES, Bergier a réfuté la calomnie des protestants au sujet des sauf-conduits et de la foi donnée aux hérétiques.

Troisième objection. Les opinions n'y étaient pas libres; le pape y dominait despotiquement par ses légats; les Italiens, tous dévoués au pape, subjuguaient les autres; les évêques étaient ordinairement réduits à dire leur avis par un *placet.* A proprement parler, ç'a été un concile du pape et non une assemblée de l'Église. Les disputes y furent souvent poussées jusqu'à l'indécence et à la violence; c'était une cohue dans laquelle on ne s'entendait pas.

Réponse. La contradiction entre ces deux reproches est déjà sensible : s'il y eut quelquefois trop de chaleur dans les disputes, tout le monde avait donc la liberté d'y dire son avis. Mais les protestants et leurs copistes, qui ont voulu tout brouiller, ont confondu les examens dans lesquels on prenait l'avis des théologiens et où on leur permettait de disputer, les congrégations dans lesquelles les légats recueillaient les suffrages des évêques, et où les décrets étaient rédigés à la pluralité des voix, et les sessions dans lesquelles ces décrets étaient lus et publiés. Qu'il y ait eu souvent trop de vivacité dans la manière dont certains théologiens soutenaient leur sentiment, cela est très-probable; c'est un défaut qui n'a que trop souvent paru dans les disputes des protestants aussi bien que dans celles des catholiques, et duquel les premiers sont convenus plus d'une fois. Il leur sied donc très-mal d'en faire un reproche à ceux du concile de Trente.

Mais que, dans les congrégations où il s'agissait de rédiger les décisions, les évêques n'aient pas osé dire ce qu'ils pensaient, qu'ils aient été gênés par la crainte de déplaire au pape ou à ses légats, c'est une supposition non-seulement fausse, mais absurde. Qu'importait à l'autorité du pape qu'un dogme quelconque fût décidé d'une manière ou d'une autre? Le pape, les légats, les évêques, étaient tous catholiques, sans doute; ils avaient donc tous le même intérêt ou plutôt la même obligation de veiller à ce que la croyance catholique ne fût altérée en rien et que le dogme fût conservé et exprimé tel qu'il était. Si donc l'intérêt du pape était capable d'intimider les évêques, ce ne pouvait être que dans les matières de discipline, dans lesquelles le pape voulait conserver le même degré d'autorité dont il avait joui jusqu'alors, le pouvoir de disposer des bénéfices, de restreindre la juridiction des évêques, de dispenser des canons, etc. Cependant il est prouvé, soit par les actes du concile, soit par les aveux de Fra-Paolo et de son commentateur, que les évêques de France et d'Espagne opinèrent souvent sur ces matières avec une fermeté qui devait déplaire beaucoup à la cour de Rome et aux ultramontains. Quand ils auraient été plus complaisants ou plus timides sur ce point, le pape n'y aurait rien gagné, puisque les règlements de discipline qui ont paru trop favorables à son autorité n'ont point été reçus en France, non plus que dans quelques autres royaumes.

Dans les sessions où les légats demandaient l'avis des Pères par le mot *placetne vobis*, il n'était question ni de dogme ni de discipline, mais de fixer le jour de la session prochaine, d'interrompre ou de continuer les sessions, etc. Nous défions les détracteurs du concile de citer un seul article de doctrine sur lequel les évêques aient opiné sur un simple *placet*, ou sur lequel les théologiens aient continué de disputer après qu'il avait été examiné, décidé à la pluralité des voix, rédigé par écrit et publié par une session.

Quatrième objection. Le très-grand nombre des évêques étaient non-seulement des ignorants, mais des hommes vicieux, coupables de simonie, d'abus dans la possession et l'administration des bénéfices, de taxes et d'exactions à l'égard des fidèles, et d'autres désordres qui les avaient rendus odieux. Les théologiens qui les guidaient n'étaient que de plats scolastiques qui n'avaient étudié ni l'Écriture sainte, ni la tradition, ni la morale chrétienne.

Réponse. La ressource ordinaire de plaideurs condamnés par un tribunal quelconque est de calomnier leurs juges. Il est constant qu'un grand nombre des Pères du concile de Trente étaient des hommes recommandables par leurs talents, par leurs vertus, par leur capacité dans les sciences ecclésiastiques. Le cardinal Polus, archevêque de Cantorbéry; le cardinal Hosius, évêque de Warmie en Pologne; Antoine Augustin, évêque de Lérida et ensuite archevêque de Tarragone; dom Barthélemi des Martyrs, archevêque de Brague; Barthélemi Caranza, archevêque de Tolède; Thomas Campége, évêque de Feltri; Louis Lippoman, évêque de Vérone; Jean-François Commendon, évêque de Zacynthe, et ensuite cardinal, etc., etc., ont fait honneur à leur siècle et ont laissé des ouvrages qui attestent leur mérite. Les prélats français qui parurent à Trente n'étaient ni des ignorants ni des hommes vicieux; les légats témoignèrent plus d'une fois le cas qu'ils faisaient de leurs lumières et de leur capacité.

Parmi les cent cinquante théologiens qui parurent successivement au concile, il en est peu qui n'aient joui pour lors d'une très-grande célébrité, et qui n'aient composé de savants ouvrages; plusieurs avaient eu des disputes avec les protestants, dans lesquelles ces derniers n'avaient pas eu l'avantage. Mais parce que ceux-ci faisaient beaucoup de livres dans lesquels ils répétaient les mêmes sophismes, les mêmes plaintes, les mêmes déclamations que Luther et

Calvin, ils se croyaient les seuls savants de l'univers, et ils avaient inspiré le même orgueil aux particuliers les plus ignorants. Il suffit de lire, à la fin du 17e vol. de l'*Hist. de l'Église gall.*, le discours sur l'état de cette Église à la naissance des hérésies du XVIe siècle, pour se convaincre qu'il n'était point tel que les protestants ont affecté de le représenter.

Cinquième objection. Dans le concile de Trente, les questions controversées n'ont point été décidées par l'Écriture sainte, mais plutôt contre le texte formel de ce livre divin; les évêques et les théologiens se sont uniquement fondés sur de prétendues traditions, sur les canons, et souvent sur les fausses décrétales des papes.

Réponse. Le contraire est prouvé par la simple lecture des décrets de ce concile. Dans les chapitres qui précèdent les canons ou règles de doctrine, il n'y a pas un seul dogme qui ne soit appuyé sur des passages clairs et précis de l'Écriture sainte : à la vérité, on n'y a point affecté d'accumuler, comme font les protestants, des textes de l'Écriture qui ne prouvent rien, et qui souvent sont absolument étrangers à la question; quelquefois l'on n'en a cité qu'un ou deux, lorsqu'ils sont décisifs et sans réplique. Mais parce que le concile n'a pas donné le sens faux et erroné qu'y donnent les protestants, ils disent qu'il a contredit l'Écriture sainte. Lorsque ce livre divin garde le silence sur un dogme ou sur un usage qui a toujours été observé dans l'Église, ou qu'il ne s'exprime pas assez clairement, le concile a décidé qu'il faut le conserver en vertu de la tradition, c'est-à-dire de l'enseignement perpétuel et général de cette sainte société. Cela ne se peut et ne se doit pas faire autrement; cette méthode est fondée sur l'Écriture même, et les protestants la suivent en affectant de la blâmer. Quant à la discipline, elle ne pouvait être mieux réglée que sur les anciens canons; mais il est faux que le concile ait fait aucun usage des fausses décrétales.

Sixième objection. On y a travesti en articles de foi plusieurs opinions de scolastiques sur lesquelles on avait jusqu'alors disputé avec pleine liberté; ce sont donc autant de nouveau dogmes inconnus auparavant, à l'occasion desquels le concile a prodigué très-injustement les anathèmes. D'autre part, il a omis de décider plusieurs articles qui sont cependant crus et professés dans l'Église romaine.

Réponse. Nos adversaires se plaignent donc de ce que le concile a décidé trop d'articles de foi et de ce qu'il en a décidé trop peu; mais l'un de ces reproches est aussi mal fondé que l'autre. Avant cette époque, aucun théologien n'avait examiné l'Écriture sainte et la tradition avec autant d'exactitude et de soin qu'on l'a fait au concile de Trente; aucun n'avait eu autant de facilité que là de comparer le sentiment des docteurs des différentes écoles catholiques et des différentes nations, et d'en compter les voix; aucun n'avait pu prévoir les fausses conséquences que les hérétiques tireraient d'une telle explication de l'Écriture sainte, ou d'une telle opinion qui paraissait innocente; il avait donc pu être permis jusqu'alors de disputer là-dessus, faute de lumière suffisante. Mais dans le concile tout fut mis au grand jour : on examina, on disputa, on compara toutes les raisons et tous les sentiments; on vit de quel côté était la tradition la plus constante; on aperçut les conséquences par la multitude même des erreurs des protestants et par la témérité avec laquelle ils adoptaient les sentiments les moins probables de quelques théologiens trop hardis. On sentit donc la nécessité de terminer ces disputes par une décision formelle. Ainsi l'on en avait agi dans tous les conciles précédents, à commencer depuis celui de Nicée jusqu'à celui de Florence, qui était le dernier. Ce sont donc les protestants qui sont la cause de la multitude de décrets et d'anathèmes qu'ils osent reprocher au concile de Trente.

Ce concile n'a point parlé des autres articles de foi que nous croyons, soit en vertu de passages clairs et formels de l'Écriture sainte, soit parce qu'ils ont été décidés par les conciles précédents. A quel propos y aurait-on traité des points de doctrine dont il n'était pas question pour lors? Cette plainte est aussi ridicule que celle des sociniens et des déistes, qui savent mauvais gré au concile de Nicée de n'avoir pas décidé la divinité et la procession du Saint-Esprit, qui ne furent contestées que soixante ans après.

En accusant celui de Trente d'avoir forgé des articles de foi nouveaux et inconnus jusqu'alors, ils prennent soin de l'absoudre et d'établir le fait contraire, puisqu'ils disent que nous croyons les dogmes décidés par ce concile, non par respect pour son autorité, mais parce qu'on les croyait déjà auparavant (1). Nous ne concevons pas en quel sens les dogmes que l'on croyait déjà étaient des dogmes nouveaux et inconnus.

Septième objection. La plupart des décrets de ce concile sont obscurs et ambigus, susceptibles de différents sens; il paraît même que cette obscurité est souvent affectée, parce qu'il ne voulait pas condamner certaines opinions des théologiens. On a si bien senti cet inconvénient, que le pape a établi une congrégation de cardinaux et de docteurs pour interpréter les décisions du concile de Trente. Aussi, loin de terminer les disputes, ses décrets en ont fait naître de nouvelles, et, pour suppléer à leur insuffi-

(1) *Voyez* le discours de Le Courayer sur la réception du concile de Trente, p. 790, et un écrit de Leibnitz.

sance, les papes ont été obligés de donner plusieurs bulles pour décider ce qui ne l'était pas, en particulier sur les matières de la grâce, etc.

Réponse. Si le concile avait proscrit toutes les opinions douteuses et sur lesquelles on peut disputer, on lui reprocherait cette sévérité avec encore plus d'aigreur. Quelle nécessité y avait-il de condamner des opinions qui ne touchent point au fond du dogme, et dont les défenseurs font profession de croire tout ce qui est expressément décidé? Exiger qu'un concile ait fait cesser toutes les disputes, c'est vouloir qu'il ait fait un miracle que l'Écriture n'a pas opéré depuis dix-sept cents ans. Quelque clair que puisse être un livre ou une décision, il se trouvera toujours des esprits subtils et bizarres qui, par des interprétations forcées, parviendront à en obscurcir le sens et à en esquiver les conséquences. Voilà ce que nous répondent les protestants eux-mêmes, lorsque nous leur objectons l'insuffisance de l'Écriture sainte pour terminer les contestations en matière de foi. Mais il y a une très-grande différence entre les disputes qui règnent entre eux touchant les divers sens de l'Écriture, et celles qui ont lieu entre les théologiens catholiques sur les points de doctrine non décidés. Celles-ci ne les divisent point dans la foi, ne causent entre eux aucun schisme; ils ne se regardent pas mutuellement comme hérétiques dignes d'anathème; tous ceux qui sont sincèrement catholiques seraient prêts à renoncer à leur sentiment, s'il intervenait une décision de l'Église qui le condamnât. Chez les premiers, au contraire, il y a un schisme et une séparation absolue entre les différentes sectes; elles n'ont ni la même croyance sur des articles qu'elles jugent cependant nécessaires, ni le même culte extérieur, ni la même discipline, et l'on sait qu'elles ont les unes contre les autres autant de haine que contre l'Église catholique.

Il n'aurait pas été besoin de bulles des papes touchant les dernières contestations sur la grâce, si ceux qui les ont élevées avaient été sincèrement soumis aux décisions du concile de Trente; mais on sait qu'ils en ont quelquefois parlé avec aussi peu de respect que les protestants, que sur les passages de l'Écriture sainte et ceux de saint Augustin qui semblent les favoriser, ils ont adopté le sens et les explications des protestants, et qu'ils nous accusent de semi-pélagianisme, comme les protestants en accusent le concile de Trente. C'est donc assez mal à propos que ces derniers se glorifient de ce levain de protestantisme que le concile n'a pas pu extirper; s'il avait pu le prévoir, il l'aurait condamné d'avance.

Huitième objection. Plusieurs de ces décrets sont conçus en termes très-étudiés, et qui, pris à la lettre, sont assez raisonnables; mais ils ont un tout autre sens dans la pratique. Tels sont ceux qui regardent le purgatoire, l'invocation des saints, le culte des images et des reliques : les théologiens les prennent peut-être dans le même sens que le concile; mais le peuple, en les suivant, se livre évidemment à l'idolâtrie.

Réponse. Une calomnie cent fois réfutée ne fera jamais honneur à ceux qui la répètent. Les catéchismes destinés à instruire le peuple sont entre les mains de tout le monde; que nos adversaires nous y montrent quelque chose de plus ou de moins que ce qu'il y a dans le concile de Trente. Le peuple est donc instruit chez nous de la même manière et dans les mêmes termes que les théologiens. Le concile a expressément ordonné aux évêques de veiller à ce qu'il ne se glisse dans les pratiques dont nous parlons, aucun abus, aucune superstition, aucune fausse dévotion; les évêques y veillent en effet, puisque ce sont eux qui donnent les catéchismes à leurs diocésains. Si, malgré ces précautions, le peuple, par stupidité, par opiniâtreté, par indocilité à l'égard des pasteurs, tombait dans le crime que les protestants s'obstinent à nous reprocher, à qui pourrait-on s'en prendre? Oseraient-ils nous répondre que parmi eux le peuple entend, avec la même subtilité que leurs théologiens, les dogmes de la foi justifiante, de l'inamissibilité de la justice, de la nullité de nos mérites et de nos bonnes œuvres, de la prédestination absolue, etc., et que jamais il n'en tire de fausses conséquences? S'ils avaient cette témérité, nous les confondrions par les aveux de leurs propres docteurs.

Puisque les décrets du concile touchant les pratiques dont nous parlons leur paraissent assez raisonnables, qu'ils les adoptent et les enseignent tels qu'ils sont, en condamnant les abus tant qu'il leur plaira : on ne leur en demande pas davantage.

Neuvième objection. A l'égard de la discipline, les légats du pape s'opposèrent à la réforme de plusieurs abus; ceux même que l'on condamna ont continué comme auparavant, et plusieurs durent encore.

Réponse. On doit faire attention qu'en matière de discipline il n'était pas aisé de dresser des règlements qui pussent s'accorder avec les lois des divers souverains et avec le droit canonique suivi chez les différentes nations. De même que leurs ambassadeurs étaient très-attentifs à protester contre tout ce qui pouvait y donner atteinte, on ne doit pas être surpris de ce que les légats refusaient de restreindre les droits dont le souverain pontife jouissait depuis un temps immémorial (1). Il est aisé de déclamer

(1) Au mot *Pape*, Bergier fait voir que ces droits n'étaient ni

contre les abus; la difficulté est de voir si les remèdes que l'on veut y apporter n'en feront pas naître d'autres. Les passions humaines, seules causes de tous les désordres, savent souvent tourner à leur avantage le frein même par lequel on a voulu les réprimer. On ne peut pas nier que les règlements faits par le concile de Trente n'aient été très-sages et n'aient fait cesser plusieurs abus; les autres auraient été mieux suivis, s'il n'y avait pas eu des hommes puissants intéressés à en empêcher l'exécution. Il est absurde de soutenir, d'un côté, que l'Église n'a aucun droit de faire des lois, que c'est une usurpation de l'autorité des souverains, et, de l'autre, de lui reprocher qu'elle n'a pas le pouvoir de les faire exécuter. En secouant le joug de l'autorité de l'Église, les protestants ont fait semblant de se soumettre à celui de la puissance des souverains; mais ils se sont révoltés contre elle toutes les fois qu'elle leur a paru trop gênante. On dirait, à les entendre, qu'il n'y a plus d'abus parmi eux : y en a-t-il un plus grand que la liberté de dogmatiser et de former des schismes toutes les fois qu'un prédicant trouve le secret de se faire des partisans? Lorsqu'ils avaient en France le privilége de tenir des synodes, ils ont fait des lois de discipline : oseraient-ils soutenir qu'aucune n'a jamais été violée?

aussi abusifs, ni aussi préjudiciables au bien général de l'Église, que les protestants le prétendent.

Dixième objection. Le concile de Trente n'a été reçu ni en France ni en Hongrie, il ne l'a été en Espagne et dans les Pays-Bas qu'avec des restrictions ; son autorité prétendue a donc été regardée comme nulle par les catholiques mêmes.

Réponse. Il n'a point été reçu quant à [quelques points de] discipline, pour les raisons exposées ; mais quant aux décrets de doctrine et aux décisions de foi, il n'est aucun pays catholique où l'on se permette d'enseigner le contraire, et quiconque oserait le faire serait regardé comme hérétique. Le Courayer a été forcé d'en convenir (1). Il fait observer que quand le nonce de Grégoire XIII demanda au roi Henri III la publication du concile, ce prince répondit qu'il ne fallait point de publication pour ce qui était de foi, « que c'était chose gardée dans son royaume ; » mais que pour quelques autres articles particuliers, il ferait exécuter par ses ordonnances ce qui était porté par le concile; il le fit en effet dans l'ordonnance de Blois, publiée l'an 1579. Lorsque l'assemblée du clergé tenue à Melun pendant cette même année renouvela les mêmes instances, le roi répondit : « Que quant à la ré-» formation qu'on prétendait tirer du concile,

(1) *Discours sur la réception du concile de Trente, particulièrement en France*, qui est à la suite de son histoire de ce concile, § 27, l. 11, 12, 26 et 27.

» il estimait n'y être pas tant nécessaire qu'on » disait, étant averti qu'il y avait en d'autres » conciles plusieurs canons et décrets auxquels » on pouvait se conformer, et d'où même les » statuts du concile étaient pris. » Dans les vingt-trois articles que les jurisconsultes trouvaient contraires aux maximes et aux libertés de l'Église gallicane, il n'y en a pas un seul qui regarde le dogme ou la doctrine.

C'est donc très-mal à propos que Le Courayer insiste sur le préambule de l'édit de pacification que Henri III accorda aux calvinistes l'an 1577, dans lequel il déclara « qu'il donnait cet édit » en attendant qu'il eût plu à Dieu de lui faire la » grâce, par le moyen d'un bon, libre et légi- » time concile, de réunir tous ses sujets à l'Église » catholique, » et qu'il en conclut que le concile de Trente n'était donc pas regardé comme tel dans le royaume. On sait que dans ce moment le gouvernement, devenu très-faible et réduit à tout craindre de la part des huguenots, était forcé de les ménager beaucoup, surtout à cause de Henri IV qui était alors à leur tête. Leur réunion à l'Église catholique pouvait-elle se faire sans l'acceptation de la doctrine du concile de Trente? Les instances réitérées du clergé pour faire accepter de même les règlements de discipline, ne prouvent rien, sinon qu'il désirait la réformation de tous les abus.

Il ne sert à rien de dire que quant à la doctrine, elle n'a été reçue que tacitement et implicitement, et non solennellement ou dans les formes ordinaires. Ce critique se réfute lui-même en avouant que, dans toutes les disputes qui se sont élevées en France, l'on a toujours pris pour règle les décisions du concile de Trente; que la profession de foi de Pie IV y a été adoptée par tous les évêques; que les prélats de ce royaume, soit dans leurs conciles provinciaux ou diocésains, soit dans les assemblées du clergé, ont toujours fait profession de se soumettre à sa doctrine [et de se conformer à la discipline qui y est prescrite], et que, dans les oppositions même que les états ou les parlements du royaume ont formées à l'acceptation de ce concile, ils ont toujours déclaré qu'ils embrassaient la foi contenue dans ses décrets. Est-ce là une acceptation tacite? Nous voudrions savoir quelle est la forme ordinaire dans laquelle ont été acceptés les articles de foi décidés dans les autres conciles généraux tenus depuis la fondation de la monarchie, et s'il ont eu besoin de lettres patentes du roi, enregistrées dans les cours souveraines.

Le Courayer pousse plus loin la témérité, en ajoutant qu'à l'égard même de la doctrine, le concile avait peut-être autant besoin de modifications qu'à l'égard des décrets de discipline. Il tenait le langage des protestants; aussi Mosheim et son traducteur ont-ils cité ce discours avec éloge (1) ; et en général les protestants voudraient persuader que le concile de Trente n'a été reçu en France, ni quant au dogme, ni quant à la discipline.

Ainsi le prétendait Leibnitz dans un mémoire qu'il dressa sur les moyens de réunir les catholiques aux protestants ; il aurait voulu que pour préliminaire l'on commençât par regarder ce concile comme non avenu. Bossuet réfuta ce mémoire avec la force ordinaire de son raisonnement : il pose d'abord les principes fondamentaux de la croyance catholique touchant l'infaillibilité de l'Église en matière de foi ; il fait voir qu'elle énonce sa foi par l'organe de ses pasteurs et que leur consentement unanime dans la doctrine n'a pas moins d'autorité lorsqu'ils sont dispersés que lorsqu'ils sont assemblés. Il prouve que ce consentement des évêques est unanime dans toute l'Église catholique touchant l'œcuménicité du concile de Trente et touchant l'autorité infaillible de ses décisions en matière de foi ; qu'il n'y eut jamais de doute sur ce point en France, non plus qu'ailleurs. Il en conclut que mettre en question si l'on recevra ce concile ou si on ne le recevra pas, c'est vouloir délibérer pour savoir si l'on sera catholique ou si l'on sera hérétique (2).

(1) *Hist. ecclésiast.*, XVIe siècle, sect. 3, 1re part., c. I, § 23.
(2) Voyez l'*Esprit de Leibnitz*, t. II, p. 65 et suiv.

Après ces vérités incontestables, peu importe de savoir la manière dont le concile a été reçu dans les autres pays catholiques. Nos adversaires avouent qu'en Italie, en Allemagne et en Pologne, il l'a été sans réserve; que dans les États du roi d'Espagne il a été reçu sans préjudice des droits et des prérogatives de ce monarque. Or, un des droits du roi catholique n'est certainement pas de rejeter les décisions de foi d'un concile général. On sait que le clergé de Hongrie est dans les mêmes principes et suit les mêmes maximes que le clergé de France; il n'est donc pas étonnant qu'il ait gardé la même conduite.

De tout cela il résulte qu'aucun concile général n'a été reçu plus authentiquement ni plus solennellement, quant à la doctrine, dans toute l'Église catholique, que le concile de Trente; les protestants n'y ont opposé aucune objection qui ne puisse être tournée contre tous les autres conciles. Lorsqu'en 1619 les arminiens les alléguèrent contre le synode de Dordrecht, qui les avait condamnés, les calvinistes n'en tinrent aucun compte et traitèrent ces sectaires comme des rebelles.

[Du reste, quand en fait de réforme il ne resterait des lois disciplinaires du concile de Trente que l'établissement des séminaires, cette loi seule a suffi pour réformer le clergé et le peuple de toute la catholicité].

CONDITIONS D'ABONNEMENT AUX PRÉCIS HISTORIQUES.

Tous les mois, 2 petits volumes in-18. — La *Collection* d'une année formera donc 24 livraisons. — 5 fr. pour une année. 5 fr. 50 par la poste, pour la Belgique. — 5 fr., plus l'affranchissement, pour l'étranger.—Chaque petit vol. de 36 pages se vend aussi séparément, 25 centimes; 15 fr. le cent.

Opuscules de la Collection.

ONT PARU AU 1er JUILLET :

Les trois Martyrs du Japon, de la Compagnie de Jésus.

La Confession est-elle une invention des prêtres, publiée au XIIIe siècle? Extrait du P. Scheffmacher.

Épisode de la déportation des prêtres en 1794. Récit fait par un de ces déportés.

Sagesse de l'Eglise dans la Béatification et la Canonisation des Saints. Exposé des procédures et des cérémonies. (Deux livraisons.)

Opinions sur l'Origine des Béguinages belges, par Éd. T.

Influence sociale de la Semaine Sainte. Extrait des conférences de Monseigneur Wiseman.

Coup d'œil sur l'histoire de la Réforme du XVIe siècle, par l'auteur de *Mes doutes*.

Lorette ou Translation de la Santa Casa. Extrait de l'abbé Caillau.

Un Concile. Extrait de Bergier.

Des Services que l'État religieux a rendus à la société.

Salazar, ou la Chapelle expiatoire du très-saint Sacrement de Miracle, à Bruxelles, par Éd. T.

Le Saint Concile de Trente. (Extrait de Bergier).

PARAITRONT :

Principes sur lesquels s'appuient les historiens apologistes pour défendre l'Église.

De l'Origine des Croisades, au point de vue philosophique et apologétique, par Éd. T.

Le Dimanche, au point de vue social.

De la Tradition.

Le Déisme et la Révélation.

Séjour de saint Pierre à Rome.

Les premiers Apôtres de la Belgique

www.ingramcontent.com/pod-product-compliance
Ingram Content Group UK Ltd.
Pitfield, Milton Keynes, MK11 3LW, UK
UKHW021043180726
13838UKWH00004B/1972